U0035161

來奴
詩詩

好山．好水．好貓奴
奴詩來詩
愛

【前言】

從第一本作品「奴詩．來詩」至今，事隔兩年後再推出另一本作品集「貓詩人」。這次和前作的最大分別，是前作主要是一本綜合貓咪詩畫集，沒有固定的主體。而今次的作品主要是圍繞著主角「貓詩人」和牠的朋友們所發生的故事。「貓詩人」是一位有如唐伯虎一樣，才高八斗、出口成文的貓咪詩人。但不同的是陪伴貓詩人身邊的，不是美麗動人的妻妾，而是貓詩人領養回來的奴才——「小書奴」。他們之間的互動產生了不少趣事，又藏著一些人貓相處之道。

故事雖然發生在古代，但在書中經常會見到如貓罐頭這一類劃時代的物品出現。這是基於一個平行時空的理念，他們是活在一個有罐頭，貓狗能兩條腿走路和說話的世界裡，所以請不要嘗試用常理去解讀本書啊（笑）！

除貫切「奴詩．來詩」的輕鬆幽默風格，我的作品最喜歡做的一件事，就是把大家熟悉的人和事，改變成和貓咪有關。就如前作改編唐詩「將進酒」成為貓詩「將罐頭」，今次改編更有大家熟悉的經典場面、成語故事，甚至漫畫。因為太喜歡貓，希望能夠把更多人洗腦成愛貓份子。讓這一份「奴氣」能夠感染更多人，加入貓奴的大家庭。更希望能夠宣揚「領養代替買」和「不棄養」的觀念。

最後，書中有一些章節會出現粵語對白。在附錄中會有解說。希望大家在閱讀本書時，能夠引起大家粵語文化的興趣。如讀者尚有不明白，歡迎到我臉書專頁發短訊給我，我會樂意為大家解答。

作者

【目錄】

【人物和背景介紹】

貓詩人

貓詩人是古代貓界三大才子之首。為貓博學多才，詩畫更是雙絕。雖然才華洋溢，但只愛遊山玩水，淡薄於功名利祿。曾於「動物對王爭霸賽」中贏得第一名，贏得「天下第一對」的稱號，為貓爭光。現於貓咪最高學府—「貓私塾」裡執教，教化學生們成為品學兼優的貓。

小書奴

小書奴是貓詩人的專屬貓奴。為人好奇心重，愛貓如命。從小被貓詩人所領養，陪伴貓詩人讀書寫字、遊山玩水及打點一切。從貓詩人身上學到了好多關於人貓相處之道和學問。

貓夫子

貓界三大才子之中最年長的一位，與貓詩人和冒虎乃莫逆之交。見多識廣。雖然為貓沉著內斂。但和藹可親，兼且充滿正義感。遇見不平的事，就會挺身而出。

冒虎

貓界三大才子之一。相貌堂堂，精通詩詞歌賦。有著無窮無盡的創作力，因此牠的詩作產量是最高的。牠的詩歌作品為後貓所廣泛流傳。因而有著「貓咪詩聖」的稱號。

狗不理

狗不理為當今文狀元，自視聰明，恃才傲物。但對於權貴卻唯命是從，是典型的狗奴才。曾在對對比賽中敗給貓詩人，因而懷恨於心，視貓如仇敵。

橘員外

橘員外為城中首富，為貓樂善好施，經常派鑵賑災，幫助浪浪。他極之欣賞貓詩人的才華，所以家裡收藏了不少貓詩人的詩畫作品。

黑鼻、白板、阿花

三位為「貓私塾」的學生，他們都是聰明伶俐，名列前茅的優才生。可惜十分愛搗蛋，經常因為戲弄貓私塾裡的老校工，而被貓詩人處罰。

肥騰騰、肥肥子

為「奴詩來詩」的原創情侶角色，是一對胖嘟嘟的可愛貓情侶。男的高大威猛，女的可愛溫柔。這次出現在「貓詩人」的故事裡，會以不同的形象及角色出現，為大家發放笑蛋。

故事背景

「貓詩人」故事背景雖然發生在古代，但卻處於一個和我們世界不同的平行時空裡。所以在故事裡經常會見到如貓罐頭、貓砂盤等這些劃時代的產物出現。甚至會有兩條腿走路、衣著光鮮、出口成文的貓咪。

第一章——【貓詩人】

少壯不努力
長大沒罐吃
奴詩
來詩

對呀夫子兄！
聽聞街角有一間
新式的茶居開業，
平日都大排長龍。

入場前請先脫鞋子和清潔一下雙手。

??

??

我們這裡是有最低消費的，
每位客官最少消費一杯貓草茶。

只招待成貓客人。
店內可以摸貓，
但不可以抱貓。說話時請細聲一點，
以免嚇到服務員。

不要！

親一下！

兩位客官先看看菜單，
決定好再叫我啦。

一杯貓草茶居然是
外面的三倍價錢，
還公然販賣興奮藥草。

貓草茶……三肉泥
貓薄荷……兩肉泥
木天蓼……兩肉泥

你看，這裡的服務員居然主動躺在客人的大腿上。
有些客人更在公眾地方打服務員屁股，成何體統！
①太過份了！這跟本就是另類的風月場所！
②豈有此理！
①世風日下，道德淪亡！
②我們走！
①詩人兄，等一下！
②什麼事？
①我們要警惕其它人，以免受騙！
②好！

嘿嘿！
嘿嘿！

貓伽菲

①詩人只好文采！
②怎能與夫子只你相比呢？

貓伽非
半邊肥身萬客嘗
一雙肉球千人吻

給我抓住這兩個搗亂的！

哈哈！快哉！快哉！
快哉！快哉！
完

粵語劇場

對王爭霸

動物對王爭霸賽，
是每年動物界
的文學盛事。
動物對王爭霸賽
先由一方出對，
再由另一方接對。
如一方所出的對
最終無人能接，
便算勝出。
狗界才子—狗不理暫時以
「對」壓群儒領先。
狗
哈哈哈哈！成班都係庸才，
仲有邊個夠膽上嚟同我鬥對呀？
狗
等我嚟試下哩？
在下係當今文狀元—
狗不理，未請教。

我只不過係一個鐘意吃喝玩樂嘅
讀書貓— 貓詩人。
貓

好！等我睇下你
有幾巴閉！接對！

「一屋二貓共三餐四罐，
不理五更六時，
討食七八九次，
十分麻煩。」

「十犬九臭只懂八舌七咀，
六腑五臟四肢不敢三心兩意，
一等奴才。」

好！
啪啪啪！
好！
吓！

「奴屋裡，狗不吠貓不叫，
小小貓奴可笑可笑。」

好！
好！
「砂盤裡，既無屎也無尿，
主子最啱方便方便。」

呀……又接到……

「人人狗狗，主主僕僕，
恩恩愛愛，黐黐纏纏。」
狗
貓

「貓貓人人，主主奴奴，
罐罐乾乾，嘔嘔吐吐。」
狗
貓

「十分忠心，護家護主護家眷。」

「四肢一伸，
拉頭拉頸
拉・尾・巴。」

「我忠肝義膽，
全力一心侍主。」

「你無頭無腦，
整天烚熟狗頭。」

「你家門前來撇尿。」

「汝家神檯來屙屎。」

「連骨帶肉入我肚。」

「每天飯菜送貓毛。」

唔……

!

現場仲有冇其它動物想上台挑戰？

我諗唔到啦……

從此，貓詩人就得到了「天下第一對」的稱號。
完

①動物對王爭霸賽，由才華橫溢，風流倜儻嘅貓界才子—貓詩人勝出。
②低調啲！

領養代替買

①貓詩人，我有事不明白。

②什麼事呢小書奴？

①為什麼人們喜歡推崇領養代替買呢？
②如果買回來的寵物，真心愛護及照顧，沒有什麼不對呀？

①說得沒錯呀。
②那為何要領養呢？

我們推崇領養，是因為如能夠多一隻貓咪被領養，就能減少多一隻貓咪在外流浪受苦。

還有如購買的需求減少，非法繁殖的誘因也減少。能減少為動物帶來不必要的傷害。

所以養貓愛貓是一件美事。
如能領養不棄養，更是行善積德，
不是兩全其美嗎？

①嗚嗚～～～～貓詩人
②為什麼哭呀
小書奴？

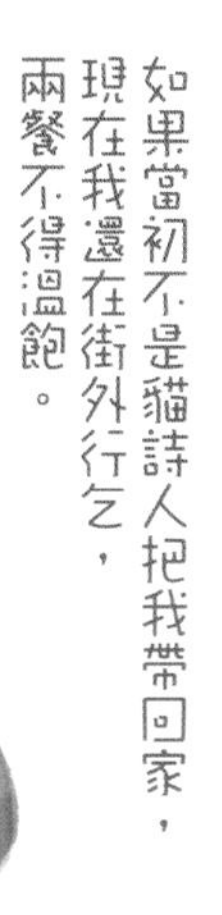
如果當初不是貓詩人把我帶回家，
現在我還在街外行乞，
兩餐不得溫飽。

現在我明白了！

奴奴乖！
謝謝你！

完

渾水摸魚

鮮

從前有一位老闆，以經營賣魚為生。

有一天，來了一隻貓咪，很久沒有吃東西的樣子。

老闆見貓咪很可憐，於是就隨手把一條魚劏了。

切成一碗魚生片，貓咪吃了很開心。

但這事很快就在浪貓界傳了出去。

附近的浪貓們也爭相到來討食。

雖然老闆很有愛心，來者不拒。
但僧多粥少的情況下，
遲早會吃到他的店倒閉。

老闆心知不妙，於是想到一條妙計。

就是用魚骨滾成奶白色的魚湯，
然後才把少量的魚肉放進湯裡。

貓咪們因為吃不到魚肉，於是把手
伸進渾濁的魚湯中嘗試去摸。

?

養生法

……

詩人，你目不轉睛地
看著在下，在看什麼呢？

雖然貓界流行龍陽之癖，
但恕在下未能奉陪。

夫子，你誤會啦！

在下不過好奇，夫子，已是花甲之年，
為何毛色如此亮澤，毛孔如此緊緻，
仿如少壯。

是否有什麼
獨特的養生之道，
能否分享一下？

①其實只要能集齊「天、地、人」
三個要素，就能延年益壽。
②願聞其詳！

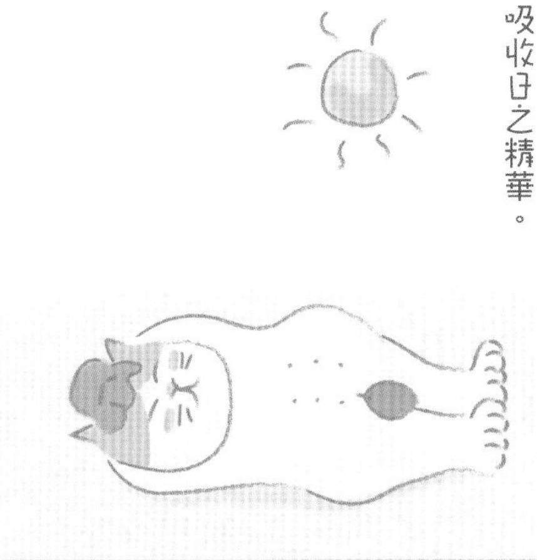
「天」，就是每天曬太陽，
吸收日之精華。

「地」，是要吸收地氣，
所以好多貓都喜歡把
食物放在地上吃。

「人」，就是找一個奴才收編，
從此衣食無憂。這樣想不長壽也難。
主子，罐罐時間
嗯…放下

①就是這樣簡單。
②原來如此！
完

有一天，貓詩人和小書奴
經過一個好多浪浪聚集的區域。
貧民區

碰！
！

①你走路不帶眼！
②對不起！

小兄弟，請留步。

小書奴，你看看你身上
有沒有東西不見了？

啊！我身上的罐罐不見了！
一定是他偷了。
快把牠抓到衙門去！

求求你不要抓我，
因為我的家人
快餓死啦。
所以才膽敢
去偷東西。
求求你放過我吧！

貓詩人，不要聽牠的謊話。
把牠送官究治。

①小兄弟，
這裡還有，
你就拿去給
你家人吃吧。
②謝謝公子！
謝謝公子！
③貓詩人！

貓詩人，為什麼你明知道
他是說謊，還是要放他走呢？

你知道這地方為什麼
成為一個貧民區嗎？
不知道！

因為這裡是一個熱門遺棄寵物的
熱點。每一次有大熱的寵物，
在熱潮過後很多都被遺棄在這裡。

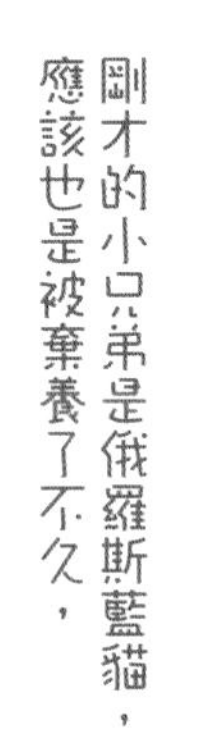

剛才的小兄弟是俄羅斯藍貓，
應該也是被棄養了不久，

牠們從來沒有流浪過，
沒有求生技能。在外面的生活會是
多麼的艱苦，所以才被逼以偷為生。

得饒貓處且饒貓，我們幸運地
能夠豐衣足食。如有餘力，
也應該盡量幫助有需要的浪浪啊。

原來如此，我明白了。

謝謝…

完

奴三字經

春風化奴

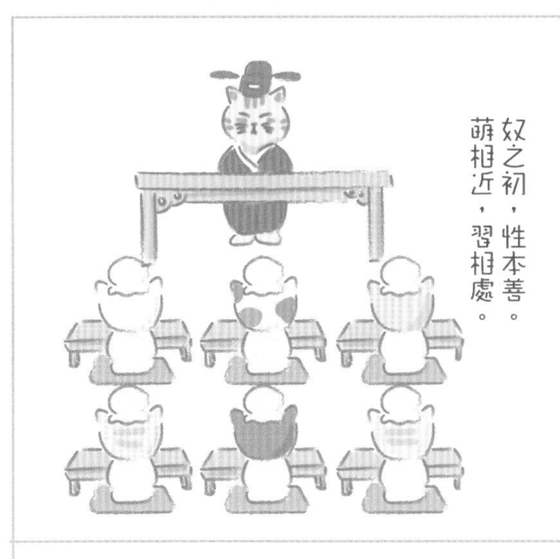

奴之初，性本善。
萌相近，習相處。

①這幾句解讀為：「成為貓奴的最初，是因為人性本是善良的。只要被萌萌的貓兒靠近，貓奴自然會學習和貓兒相處。」
②學生們，現實生活中有沒有類似例子可學呀？

好！白板同學！
老師！我有！

就像我家的老頭一樣。
本來口說好討厭貓，
但最後還是給我賣萌收服了！

活學活用，好！
完

有一天，貓詩人在茅廁內……

解便嗨
茅廁

「茅塞」頓開後，突然間想到了新的寫作靈感。

呀！

捕
！

於是想馬上跑回家創作！

捕
忽然間奔跑，一定是做了壞事！追！

捕
①不要走！
②哇！什麼事？

捕
①你做了什麼壞事？
②我沒有呀！

捕
①那為什麼你在跑？
②因為我寫作靈感如泉，我要爆啦！

捕
……
……

就這樣，雙方也平靜下來，貓詩人也忘了剛才的靈感。但類似的廁後亂象幾乎每天都在貓界發生。
完

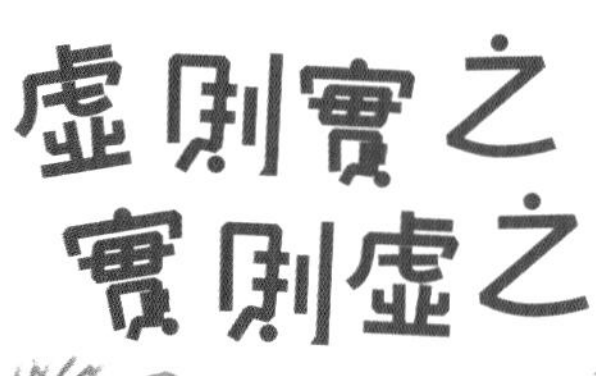
虛則實之
實則虛之

貓詩人，請問什麼是
「虛則實之，實則虛之」？

你看看那邊兩隻正準備比試游泳
的貓咪。

你覺得哪一隻會游得比較快？

當然是橘貓啦！
你看白貓這麼胖！

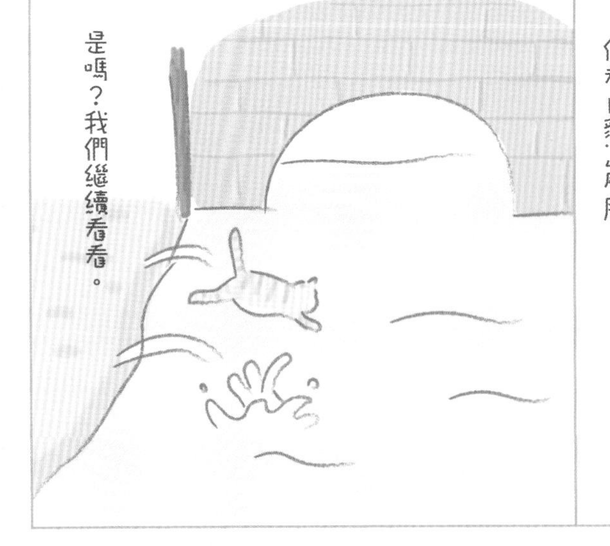
是嗎？我們繼續看看。

居然是白貓先游上岸！

原來白貓其實一點也不胖，
只不過毛多和鬆而已。

相反看看橘貓……
落水前後體型幾乎沒有變，
它才是真正的肥胖。

「虛則實之，實則虛之」
有時候眼見未為真，要細心觀察、
大膽求證，才能知道事實真相。

吁！！你想做什麼？

①我只想求證一下貓詩人你，
究竟是「虛」還是「實」。
②住手！非禮勿碰，
非禮勿碰！
完

夜闌人靜，就是蟑螂
四出覓食的好時機。
壁虎捕蟑
看來蟑螂今晚運氣不錯，
找到不少殘羹冷飯，
可以飽餐一頓。
可是……
一隻壁虎早就在等候著，
牠一口就把蟑螂狠狠咬著。

看來壁虎今晚運氣不錯，可以吃到
一隻肚滿腸肥的蟑螂。

可是…

一隻貓咪早就在等候著，
牠一爪就把壁虎抓著。

壁虎只顧捕食，沒有留意週遭環境。
結果給貓咪偷襲。

貓咪成了最後大赢家，
一次得到兩份禮物送給貓奴。

「壁虎捕蟑，貓咪在後」
比喻眼光短淺的人，
只貪圖眼前利益而不顧後患。
完

有一天，
貓詩人經過一位
富貴貓奴的宅門外。
盧宅

奴門魚肉臭

此時剛好有
一位下人
打開了門。

忽然間，聞到陣陣腥臭味傳至。

兄台，你拿著
什麼東西？
真的比屎還要臭！

這是我家主子
吃不完的魚肉。
我現在拿去倒掉。

因為這家主子很挑嘴。
奴才怕牠餓壞，每天開幾罐
不同口味的罐罐給牠。

所以經常有
吃不完的罐罐，
放到滿屋腥臭味，
然後倒掉。

盧宅
可憐在附近的浪貓，
每天也為了找食物
而苦惱。

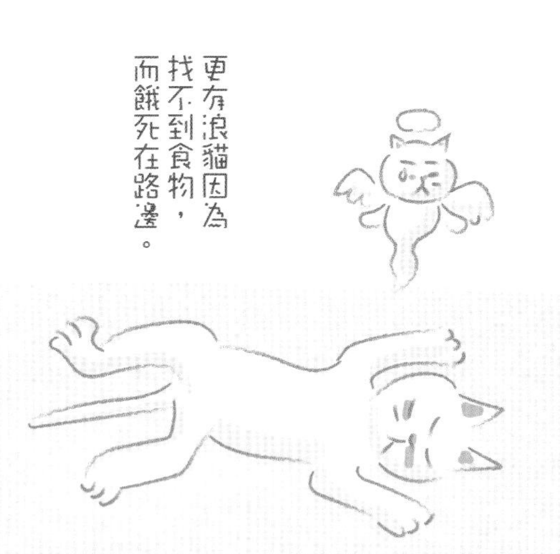
更有浪貓因為
找不到食物，
而餓死在路邊。

有貓兩餐不得溫飽，
但有貓卻每天浪費食物。
真是「奴門魚肉臭，路有凍死貓。」
世界真是不公平。

盧宅
貓詩人就這樣
帶著感概離去。
完

啪！
啪！
啪！
啪！

容忍至極

吼！

剛才貓咪不是被拍得很開心嗎？
為什麼忽然間中途咬人？

因為貓的容忍是有個限度。

雖然拍屁屁好興奮好舒服…

但也要保持著貓王的尊嚴，
不可過份失儀。

所以容忍至極的情況下，
只好反咬貓奴一口。

那為什麼有些貓咪一拍即咬人？

因為有些貓咪對人類是零容忍的。
完

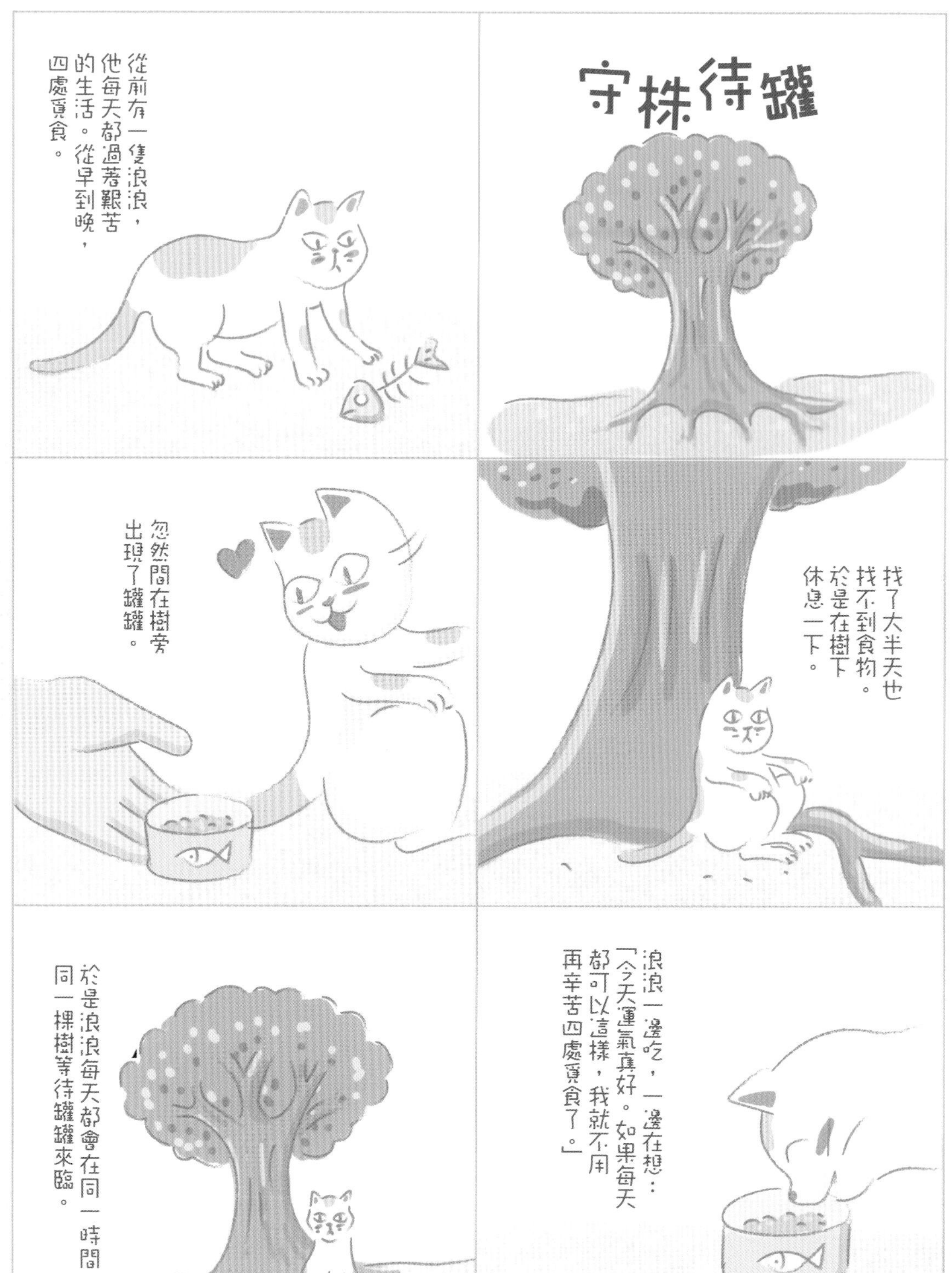

守株待罐
從前有一隻浪浪，他每天都過著艱苦的生活。從早到晚，四處覓食。
找了大半天也找不到食物。於是在樹下休息一下。
忽然間在樹旁出現了罐罐。
浪浪一邊吃，一邊在想：「今天運氣真好。如果每天都可以這樣，我就不用再辛苦四處覓食了。」
於是浪浪每天都會在同一時間，同一棵樹等待罐罐來臨。

浪浪只要在樹下等待，
每天也定時會出現罐罐。
浪浪覺得這棵大樹
成了它的倚靠，很喜歡它。
可是，好景不常……
今天，浪浪又要再嘗
試捱餓的滋味……
大樹被颱風
吹斷倒下。
浪浪看著大樹，
覺得很傷心。

沒有了大樹，是不是又要變回以前兩餐不得溫飽的生活？想到這裡，浪浪就哭了。

忽然間……

咔嚓！

是罐罐放在地上的聲音，平日放罐罐的大嬸再次出現了！

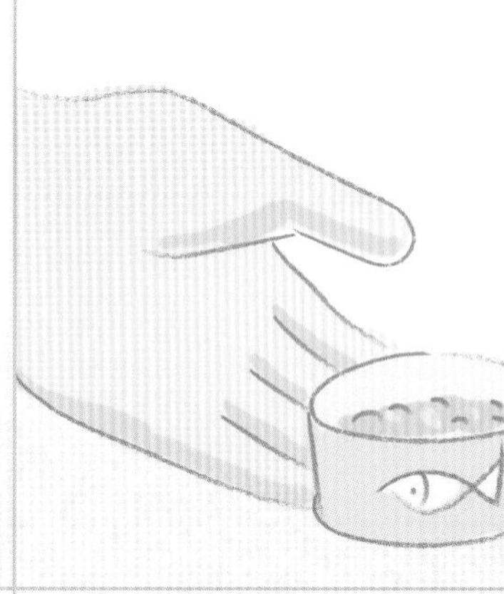

此刻浪浪終於明白，牠的真正倚靠不是大樹，而是大嬸。於是使出貓咪最大瞳力和萌功去討好大嬸。

其實大嬸在颱風其間已很擔心浪浪的安危，一早已決定好，如果再次遇上，一定會收編。

《守株待罐》說的是做浪浪無論遇上多大的困難也不要灰心，最終會等到好日子來臨。

完

小書奴，你知不知道「一日不見，如隔三秋」何解？

有點抽象，明明只是一天，
為何變了三秋？

比如說，有些人你只是一天沒見，因為太想念，等到好像三秋沒見一樣。

我明啦！就好像如果一天沒吸過貓，
就像三個秋天沒吸貓一樣！

①我有三秋沒吸過貓啦！
②非禮勿吸！非禮勿吸！
完

三位貓界才子，
在討論「出貓」一詞的來源。

「出貓」在奴界有著「作弊」的意思，
此詞被粵語貓奴常常使用。

至於起源則無從稽考。
大家認為這詞出處在哪兒呢？

在北方的貓奴，
貓有著「躲藏」的意思。

考生先把作弊手稿「貓起來」，
然後靜悄悄拿出來作弊。

我也聽說過西方貓奴，
說我們愛抄襲（copy cat），
因為考試作弊的，只會靠抄襲其它人，
所以就把作弊叫做「出貓」。

這些說法都有些貶義的成份，
奴才們實在對我們太不尊重了！

冒虎兄請息怒，其實依我來看，
出貓一詞，不但沒有貶低我們，
反而是褒揚我們。

我們貓咪因為擁有肉球關系，
能夠無聲無息地來去自如。

貓奴們在作弊過程中，
希望自己能像長有肉球一樣，
行動能無聲無息、乾淨俐落，
過程完全不被發現。
因此稱作弊的行為稱為出貓。

①原來如此，
詩人兄
有道理。

②唔，十分認同！

完

橘員外，我們差不多到了。

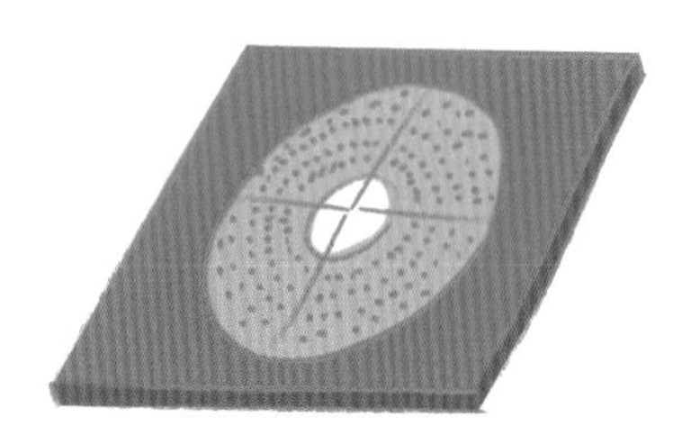
風水寶地

這裡就是我們想要找的風水寶地了！

吱……吱……

你看！這塊大石像不像一隻靈貓在撒尿？這裡最合適安葬先貓。

小便能夠暢通無阻，貓咪才會保持健康。這能保祐後貓身體健康。

前排的樹蔭就好像逗貓棒一樣，保祐子孫們經常都精神奕奕，充滿活力。

下游有一個瀑布，四邊的地形形成一個盤地，有如一個貓砂盤。

這裡的小石頭就好比貓砂一樣。

上有靈貓撒尿，下有聚寶砂盤。
先貓安葬在這裡，後貓必定衣食無憂。

①恭喜橘員外找到一個百年難得的一個風水寶地。
②貓詩人，謝謝你幫忙，這次一定會重鑼有賞來答謝你。
完

錢錢與親親

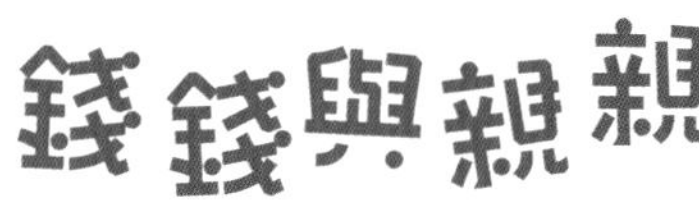

從古到今，貓奴們為討主子歡心，都花盡心思。

如果想要貓王親近你多一點，就要多買食的、玩的去討牠歡心。

但這些可能花你不少金錢。

不花金錢，貓王不會無緣無故親近你。但要貓王親近你，你可能要花了好多錢。

錢錢與親親，兩者都是我想要的。但兩者不能兼得時，我情願捨棄錢，而得到貓王的歡心。
完

今天風和日麗，最合適散散步。

點蟲蟲

古老的童謠，加上天真無邪的小孩，
真是有如一幅很有意境的畫啊！

點蟲蟲，
蟲蟲飛…

點蟲蟲…
吓！

蟲蟲飛！
救命呀！
完

驚雞之鳥

某天，有一隻鳥兒在天上飛了很久了。

牠累了，於是停在一戶人家的窗邊休息一下。

忽然間，窗邊的毛球變成了一隻貓咪，跳出來想要抓住鳥兒。

幸好鳥兒反應快，馬上飛離窗邊。差一點就給貓兒抓住了。

鳥兒雖能逃離貓咪魔爪，但也嚇過半死。

後來鳥兒與牠的同伴
一同在天空飛。

同伴覺得累了，
想要在窗邊休息。

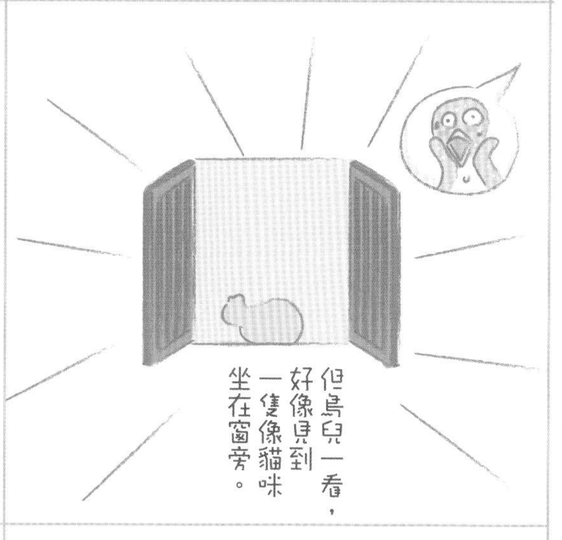
但鳥兒一看，
好像見到
一隻像貓咪
坐在窗旁。

???
鳥兒嚇到馬上
離開同伴飛走。

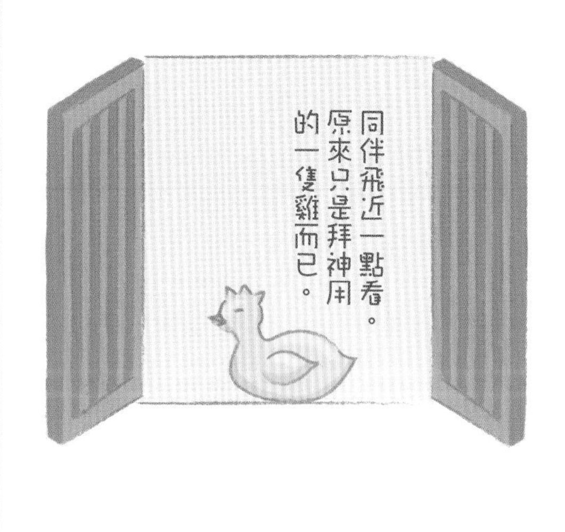
同伴飛近一點看。
原來只是拜神用
的一隻雞而已。

後人用《驚雞之鳥》，比喻曾受傷害，
稍有動靜就特別驚慌的人。
完

咬者愛也

①我有一位奴才朋友，他覺得他主子不愛他
②為什麼呢？

①因為他每次摸主子，主子就咬他。
②非也，反而他主子其實好愛他。

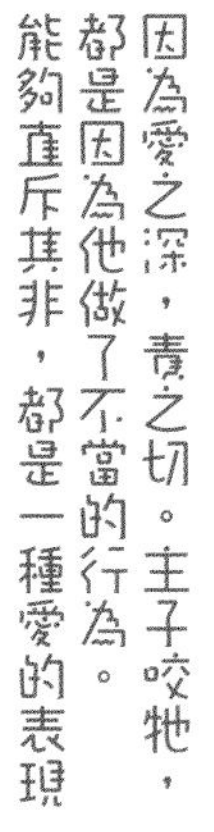

因為愛之深，責之切。主子咬牠，都是因為他做了不當的行為。能夠直斥其非，都是一種愛的表現

①貓詩人……咬我吧！
②為什麼？

①因為我想你愛我多一點！
②讀書貓不會亂咬人的。
完

貓生太累

見微知著

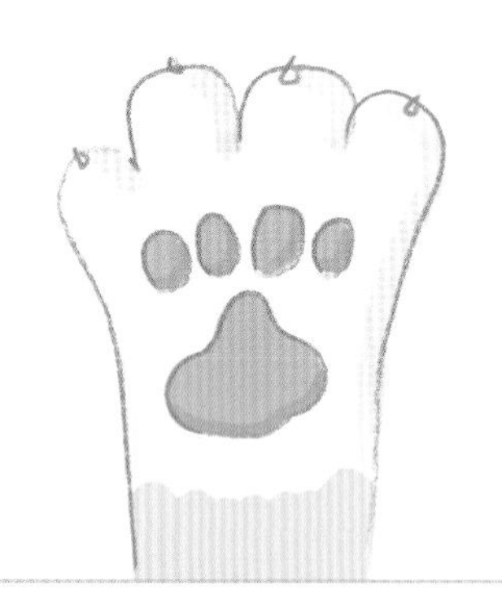

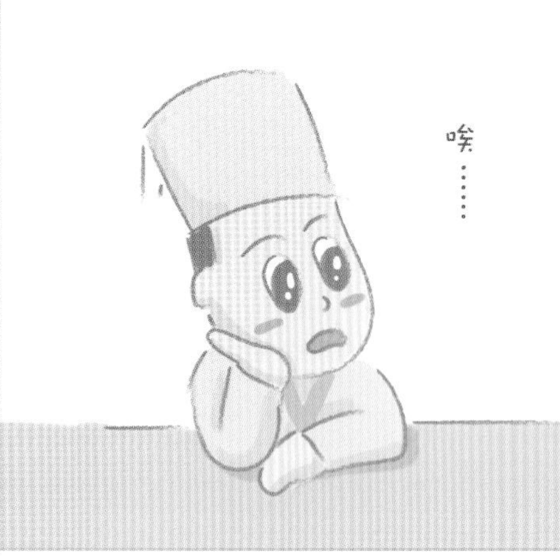

唉……

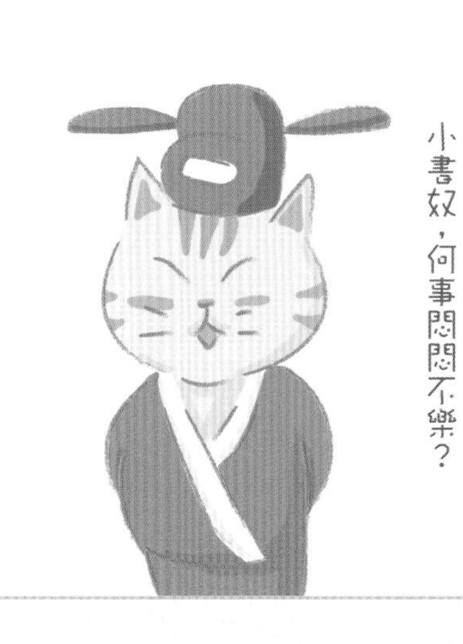

小書奴，何事悶悶不樂？

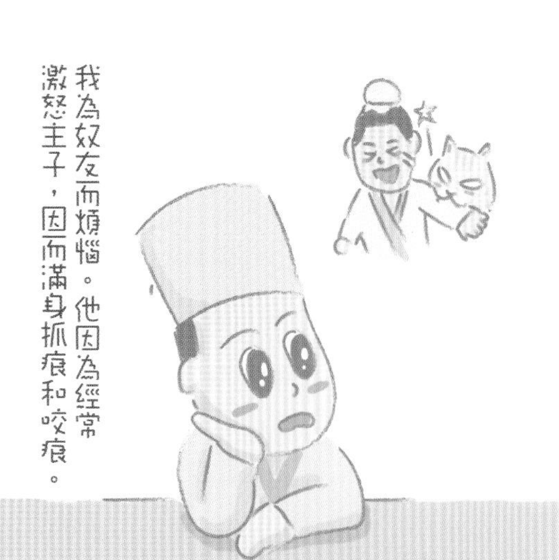

我為奴友而煩惱。他因為經常激怒主子，因而滿身抓痕和咬痕。

待奉主子一個要訣，
就要懂得「見微知著」。

此話何解？

比如說見到主子在飛機耳，就代表
主子心情不好，會有攻擊的可能。
此時奴才應該遠離一點，
以免招到血光之災。

尾巴豎起微微彎曲時，
通常是主子心情較佳的時候。
如這時加上適當玩樂或零食，
討主子歡心，自然事半功倍。

炸毛和搖屁股等，
都有可能是主子
處於興奮或準備
攻擊的狀態。
奴才此時騷擾主子，
有可能會變成被
攻擊的對象。
野獸模式

所以奴才要懂得見微知著，睹始知終。
這樣奴才方可避免不必要的損傷。
完

小屁孩

有一天，三個小屁孩，在分享戲弄老貓奴校工的方式。

我最喜歡在老貓奴清理完砂盤之後，才去大便，然後等他鏟完大便後，再去小便。

等老貓奴鏟來鏟去，鏟到汗流浹背的樣子，我就覺得好好笑。

哈！哈！哈！哈！
哈！哈！

我最喜歡把蟑螂和蜥蜴的殘骸，放在門口。

老貓奴見到好驚慌，
不敢從門口入屋，
最後要爬窗進來。
真的笑死我。

哈！哈！哈！哈！
哈！哈！

我最喜歡在
老貓奴意
想不到的
地方留下小便。

他找了大半天，
最後在睡覺時
才發現我尿在
被窩裡。

哈！哈！哈！
哈！哈！哈！

每人罰抄奴三字經三百次，
抄完去跟老貓奴道歉！
再犯罰抄三萬次！
完

第一章 貓詩人 【小屁孩】

天下第一奴

天下第一奴大賽
歡迎大家來到「天下第一奴」大賽。

究竟哪一位貓奴，可以奪得「天下第一奴」的美譽和這個金屎鏟呢？大家拭目以待。

我一定要奪得冠軍，為主子爭光！
小書奴

第一關
眼明鏟快

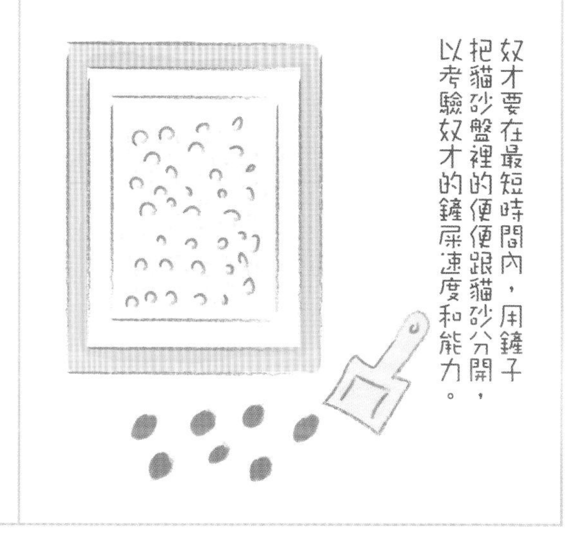
奴才要在最短時間內，用鏟子把貓砂盤裡的便便跟貓砂分開，以考驗奴才的鏟屎速度和能力。

能夠以最快的速度清理貓砂盤，家裡才不會臭氣薰天。還要鏟得乾淨和仔細，才算是好貓奴！

這一關未免太簡單了吧！
看我新練成的絕技，
「鳳翼天翔開罐手」！
太厲害啦！小書奴居然可以雙手同時開罐，真是嘆為觀止！
咔！
咔！
咔！
咔！
這一局又被我輕取吧！
咔！
咔！
咔！
咔！
哇，這一邊更厲害！
什麼？
科學貓奴發明的一部開罐機，
可以同時開四手開罐呀！
裁判！他使用機械，
算是犯規吧！

大會沒有限制參賽者作用什麼工具開罐，所以沒有犯規！
第二關，科學貓奴取勝！
第三關
品糧知心
參賽者進行吃乾糧矇眼測試，能夠最準確地試出乾糧的口味和成份。就算贏家。
自己都未吃過就給主子吃，這樣怎算是好的貓奴？這一關測試平日貓奴對主子飲食健康的關注度！
貓詩人愛遊山玩水，為免牠趕路時餓，都會為牠準備一點乾糧。

第一章 貓詩人【天下第一奴】

我都說肉泥一定行。
Finish her!
救命呀！
……
呀！

救命呀，
放我出去呀！
全部都給我幹掉！
吼！
嗚⋯⋯嗚⋯⋯
嘶！

我有超能力，你們抓不到我的。

吼！

吼！

吼！

呀！

吔！

救命

最後兩個！

看我的，奴之呼吸壹之型—
「三心兩意」

小孩子才會這樣馴貓。

貳之型……
參之型……
肆之型……
伍之型……

舞完就咬他！

好！

畜牲就應該用武力去馴服，這樣牠們才會聽話。
你看！你現在多麼狼狽。最終只會一敗塗地！
竟敢欺負我的小弟，你找死！
①是又怎樣！你我也不怕！
②呀！我的眼睛！
①兵不厭詐，乖乖受死吧！
②好卑鄙！
老大！

你們也自身難保！
停手！
畜牲要打到驚，打到怕才會聽話！！
愛貓之人是永遠不會傷害牠們！你不配做天下第一奴，就連普通貓奴也算不上！！
那我連你也一起打吧！

肌奴忽然間攻擊小書奴，
比賽變成人貓大混戰！
小兄弟，快走開吧，
你不是他對手的。
我不可以向強權低頭，
否則會有辱我家主子名聲！
看招！
雕蟲小技，
完全傷不到我的。
!!

哈！哈！哈！哈！好癢呀！快住手！
我一癢就會全身沒力！快停手呀！哈！哈！哈！哈！
老大！好機會！！
好！
小弟們，一齊上！
小兄弟，多謝你！全靠你我們才戰勝這混蛋。

年紀輕輕卻深明愛貓之道！
難得，難得。

我們就讓你通過吧！
謝謝虎老大！

比賽結束！小書奴成為今年度的天下第一奴！！

太感動了！！終於能為我家主子爭光！

然而，貓詩人對於小書奴參賽一事，毫不知情……
開罐時間，小書奴去了哪裡？

天下第一奴
天下第一奴
完

第二章——【肥騰騰與肥肥子】

路邊野貓
不要睬
*「不要睬」粵語在這裡的意思是「不要理」
送你送到家門外。
有句話兒要交代。
雖然你是討別人愛。

路邊的野貓……

你不要睬！

記住肥肥子，真的好可愛！

記得在背後，有我在！

我知道，你有沒有作怪。

千萬別忘了，我的存在！

送你送到家門外。

有句話只要交代……

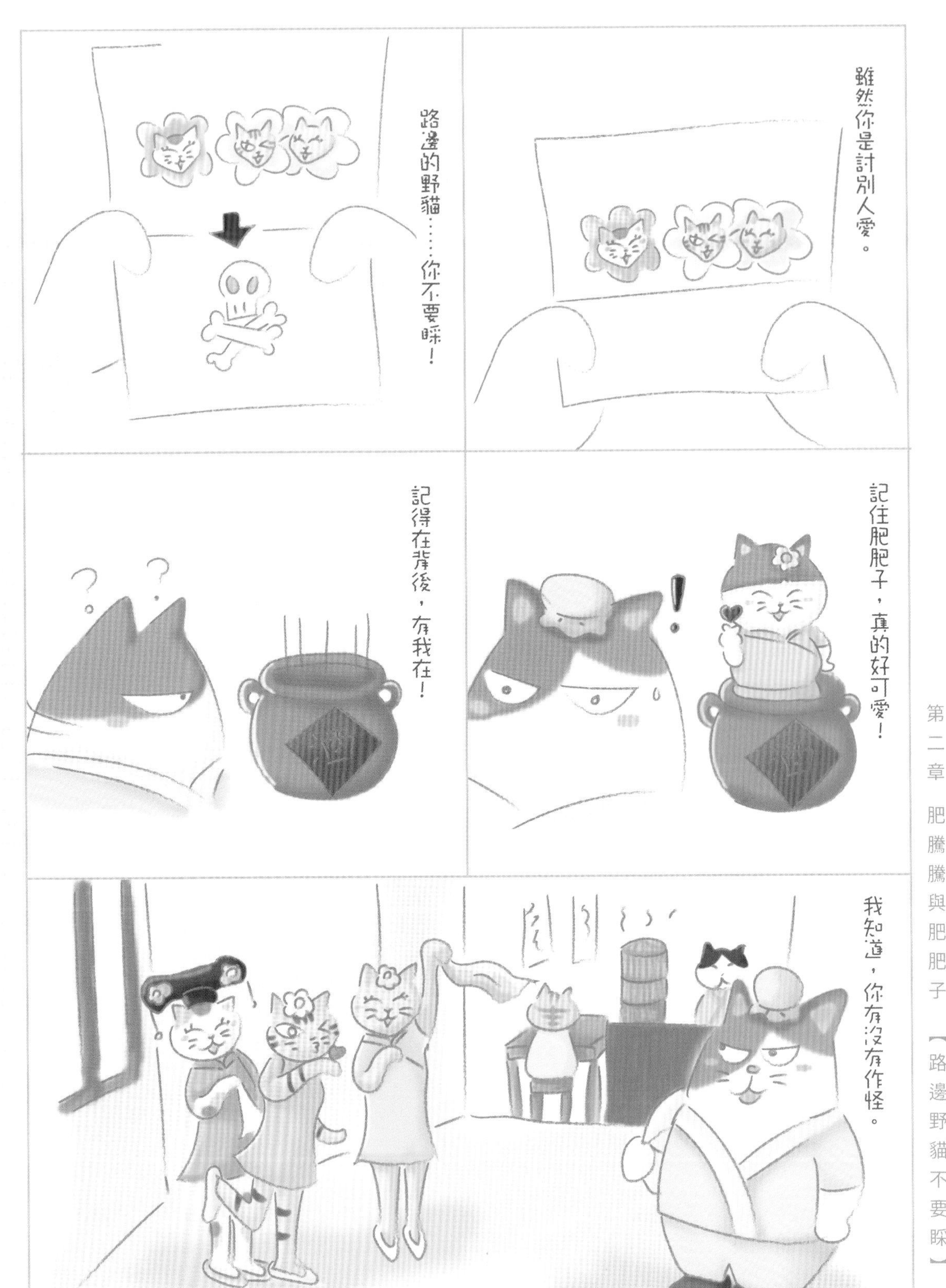
雖然你是討別人愛。
路邊的野貓……你不要睬！
記住肥肥子，真的好可愛！
記得在背後，有我在！
我知道，你有沒有作怪。

千萬別忘了，我的存在！

千萬別忘了，我的存在！

千萬別忘了，我的存在！

千萬別忘了，我的存在！

完

絕情谷

「粵語章節」
在附錄有解說

唔？

鵰你做乜愈飛愈低？
愈飛愈慢？

我就快頂唔順啦！

①冇鬼用，飛一陣就唔掂！

②大佬，幾重先得架你！？

好！就俾你喺
下面山谷休息
五分鐘。

!

肥姑姑？
騰兒！？

①太好啦！肥姑姑你仲未死！
②聞住！睇相佬話我起碼有四十歲命！

點解你會喺度嘅？
呢幾年我搵得你好辛苦！

因為上次上山採崖邊嘅高級貓草，
唔小心差錯腳跌咗落嚟谷底。
好彩我多肉先冇跌死……

騰兒你隻手……

哦！冇嘢！
今朝出門口太趕，
衫都未著好。

事不宜遲！
肥姑姑，
我地快啲
離開呢度！

①話時話你留長頭髮
好肉酸，返去你好
同我好剪咗佢。

②唔好睇咩？

①唔好，成個鬼×郎咁。

②邊個鬼×郎？

①樣衰衰嗰位
捉妖江湖術士。

②等我仲覺得自己
留長頭髮好睇添。

我隻鵰就
冇係嗰度，
我地快啲
離開啦！

？

肥鵰呢？

佢飛走咗呀！！

你地都痴㗎！
一個已經咁鬼重，
兩個坐上嚟我係命仲駛要㗎？
打份工啫！
唔駛揾命博呀嘛？
我唔撈啦！

鵰你返黎呀！

唔好走呀！

叮！（消失）

從此，騰兒與肥姑姑就在谷底
共渡餘生。世人得知此事，
因為肥鵰嘅反目無情，
就將此谷命名為「絕情谷」

完

第二章　肥騰騰與肥肥子　【絕情谷】

喪貓之謎
「粵語章節」
在附錄有解說
嗄……
噓……
吼！
啪！

①邸下，好多喪貓呀！
②跑快啲啦肥醫女！

碰！
碰！
碰！
碰！
②嚇死本寶寶啦！
好彩有間屋喺度！

①點解會有咁多喪貓？
②我搵到一樣嘢，可能同喪貓事件有關。
碰！
碰！
碰！

我喺後山附近，發現大量高纯度高级貓草。雖然對我冇用，但應該同喪貓來源有關。

邸下！
！

呀！
完

許願池

「粵語章節」
在附錄有解說

從前有一個肥樵夫。

為兩餐日日上山劈柴。

有一次佢好攰，
喺池邊休息。

一唔小心將個斧頭，
一野撞咗入個湖度。

大鑊啦呢次！肥樵夫雖然
浮水，但唔識游水。點執
返個搵食工具呢？

忽然間，池面泛起了一道金光，
一位笑容可親嘅肥美仙子
拎住三把斧頭喺池中心出現。

我係守護住呢個池嘅仙女。
呢位肥仔，你係咪跌咗嘢入池呀？

肥樵夫見到咁可愛嘅小仙女，
即時心跳加速，面紅耳熱。
好可愛
係呀！我跌咗個
斧頭入池呀！

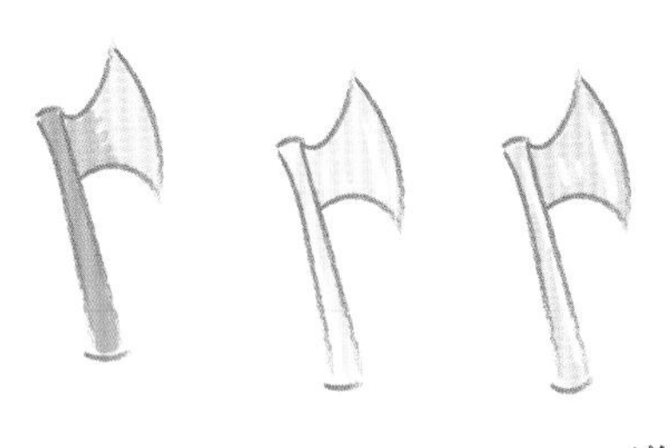
呢度有三把斧頭，金、銀同埋木，
邊把係你嘅？
講大話我變
你做青蛙！

我把係木嘅。

好一個誠實又可愛
嘅肥仔，姐姐我就
送晒佢哋俾你啦！

肥樵夫拒絕，最後只拎返
自己嘅木斧頭返屋企。

但返到屋企後，
肥樵夫終日茶飯不思，
夜裡輾轉反側。
斧頭已經失而復得，
點解仲會忐忑不安呢？

有一晚，
肥樵夫終於
想通咗！

於是肥樵夫每次上山
劈柴時，都會帶同家裡
一件物件。掉進湖裡。

①肥仙女每次都會
變出三款不同價值的
俾肥樵夫選擇。
②邊把係你嫁，
肥仔？

但肥樵夫都
只係拎返自己嘅
物件就走。

日日如是，風雨不改。
①肥仙女終於忍唔住問……
②肥仔，你玩夠未？知唔知阻人收工好大罪嫁？
①呢度有金又有銀，要咗佢你就唔駛日日上山劈柴。乖啦！收左佢，大家好辦事。
②肥樵夫依然拒絕。
①咁你為乜日日掉野落池呢？
②再玩信唔信我變你做青蛙？
①因為我想日日見到你呀！
②肥仙子聽到後滿臉通紅……
肥仙子俾肥樵夫嘅毅力所打動。從此佢哋就成為幸福的一對。
完

第三章——【貓奴歇後語】

貓奴歇後語

「歇後語」是「歇」去「後」半段的話語。簡單來說是話說一半，讓人猜度另一半的意思。如引用得恰當，會比直話直說讓人聽起來覺得更加有趣。「貓奴歇後語」是和貓或貓奴有關的「歇後語」。沒養貓的人可能比較難猜到後半的意思，但如果養貓者聽起來，則別有一番風味和感同身受。

別人的貓

含意「永遠不會讓你（或我）失望」

在網上可以看到很多別人的貓，能夠陪伴貓奴上山下海，做到很多獨特的事。但當看到自己的貓，最擅長的事只有在家裡耍廢。所以就有種別人的貓，不會讓人失望的感覺。可能因為隔離飯香，人總愛羨慕別人吧~

【例子】營業員 Sam 表現出色，為公司帶來不少大生意。令公司今個銷售業績大幅上升。

貓奴老闆：「Sam！你果然是別人的貓！Well Done！」（意思即是說，Sam 你永遠不會讓我失望！）

Sam：「謝謝老闆讚賞！」

阿嬤養的

含意「好胖」

通常老人家對過胖沒有什麼意識，總覺得孩子或寵物愈胖愈健康。家裡的貓兒一定要餵到圓滾滾的，才會覺得心安。經常出現「一天多餐份量大」的餵食方式。所以通常阿嬤養的，都是胖的。

【例子】在街上見到一個好胖的小朋友，
你想說他好胖。
你可以這樣說：「這小朋友真是阿嬤養的！」

隔夜乾糧

含意「被嫌棄」

有些主子對吃很有要求，隔了夜的乾糧可能不太願吃，除非很餓。所以「隔夜乾糧」可以指被人（貓）嫌棄、沒有人愛或不餓不吃的東西。

【例子】朋友甲乙一起到酒吧喝酒聊天。

朋友甲：你最近好嗎？交到女朋友未？

朋友乙：唉，我是隔夜乾糧，沒人對我有興趣啦！

朋友甲：不要灰心啦，總有機會遇上很餓的女人。

未開的罐罐

含意「只能看，不能碰或享有」

就好像你把罐罐放到主子面前，牠很想吃但你又不開。

有一種令人心癢難耐的感覺。

【例子】公司業績今年再創新高，入職不久的女同事很興奮地跟資深的男同事說話。

女同事：「今年公司業績不斷創新高，我想年終花紅一定不少吧！」

資深男同事：那是「未開的罐罐」！我在這裡工作了五年，從沒有收過花紅。

肉球掌咁

含意「不痛不癢」

形容一些好像給主子的肉球掌咁一樣，不痛不癢的事。

【例子】朋友甲：「哇！你看 ALEX，最近又換了新車！他的新車好貴的啊！」

朋友乙：「他那麼有錢，對他來說只是肉球掌咁，不算什麼。」

衣櫃上的貓

含意「高高在上」

可以是指位高權重的人，居高臨下。
就如貓咪喜歡站在衣櫃上，觀察家裡的一切。

【例子】
同事A：「Alex今年又再升職了。
他差不多每年都升一級，好厲害！」
同事B：「他如今已是衣櫃上的貓，
大家都要聽命於他了！」

貓咪遇上布沙發

含意「一定穿幫」

有養貓的人都知道，如果買普通的布沙發回家。最後布沙發的下場就是被抓到破破爛爛，無論如何遮蓋，最後也會穿了一個個洞。所以「貓咪遇上布沙發」，可以用來形容一些想掩蓋，但又掩蓋不了的事情。

【例子】女子A：「Mary請了病假去玩，還放照片上臉書。老闆給她的照片按了個讚。」

女子B：「她忘了設定私隱嗎？這次真的是貓咪遇上布沙發，我們等看好戲吧！」

偷來的假期 :-)

1100 讚

老闆：See Me Tomorrow!

附錄——【粵語解說】

《對王爭霸》解說

"哈哈哈哈！成班都係庸才，仲有邊個夠膽上嚟同我鬥對呀？"（粵）

"哈哈哈哈！全部人都是庸才，還有誰夠膽上來和我鬥對呀？"（國）

"成班" = "全部人"（例：成班都係廢柴 =全部人都是廢柴）
"係" = "是"
"仲有" = "還有"
"邊個" = "誰"
"上嚟" = "上來"（例：嚟啦嚟啦 = 來啦來啦）
"同" = "和"

"等我嚟試下哩？"（粵）

"等我來試一下吧？"（國）"哩"是助語詞。沒特別意思。

"我只不過係一個鐘意吃喝玩樂嘅讀書貓— 貓詩人。"（粵）

"我只不過是一個喜歡吃吃喝玩樂的讀書人— 貓詩人"（國）

"鐘意" = "喜歡"
"嘅" = "的"

"好！等我睇下你有幾巴閉！接對！"（粵）

"好！等我看看你有幾厲害！接對！"（國）

"睇下" = "看看"（睇即是看）
"巴閉" = "厲害"

"砂盤裡，既無屎也無尿，主子最啱方便方便。"（粵）

"砂盤裡，既無屎也無尿，主子最合適方便方便。"（國）

"啱" = "合適"（例：衣服試身時，如有人問你"啱唔啱身？"，意思即是合不合身。）

"我諗唔到啦……"（粵）

"我想不到啦……"（國）

"諗" = "想"

"現場仲有冇其它動物想上台挑戰？"（粵）

"現場還有沒有其它動物想上台挑戰？"（國）

"仲有冇" = "還有沒有"

"低調啲！"（粵）

"低調一點"（國）

"啲" = "一點點"（例："醒啲啦你！"＝你聰明一點好不好？）

《絕情谷》解說

"鵰你，做乜鬼嘢愈飛愈低？愈飛愈慢？"（粵）
"巨鵰你，為什麼愈飛愈低？愈飛愈慢？"（國）
"做乜鬼" = "為什麼"（"鬼"在這裡是助語詞，沒特別意思。）

"我就頂唔蒲啦！"（粵）
"我就快忍受不了"（國）"哩"是助語詞。沒特別意思。
"頂唔蒲" = "忍受不了"（是港式廣東話。"頂"是頂住意思，"唔"是不，"蒲"在這裡的用法我也解釋不了。有一點到頂的意思。）

"冇鬼用，飛一陣就唔掂！"，"大佬，幾重先得架你！"（粵）
"真沒用，飛一會兒就不行！"，"大佬，你知道你自己有多重嗎？"（國）
"冇" = "沒有"（"鬼"在這裡是助語詞，沒特別意思。）
"先得架" 是一種反問意思。例如"點先得架？"，意思是"怎樣才可以？"

"好！就俾你喺下面山谷休息五分鐘。"（粵）
"就給你在下面山谷休息五分鐘"（國）
"俾" = "給"（例："俾面"即是給面子的意思）

"太好啦！肥姑姑你仲未死。"，"閘住！睇相佬話我起碼有四十歲命！"（粵）
"太好啦！肥姑姑你還未死"，"擋住！命理師說我最少有四十歲命！"（國）
"諗" = "想"

"點解你會喺度嘅？呢幾年我搵得你好辛苦！"（粵）
"為什麼你會在這裡？這幾年我找你找得好辛苦"（國）
"點解" = "為什麼"
"喺度" = "在這裡"
"呢幾年" = "這幾年"
"搵" = "找"（例：搵咩呀？意思即是找什麼）

"因為上次上山採崖邊嘅高級貓草，唔小心差錯腳跌咗落嚟谷低。好彩我多肉先冇跌死 ..."（粵）
"因為上次上山採崖邊的高級貓草，不小心踩空掉落谷低。幸運我肉多才沒有跌死 ..."（國）
"唔小心" = "不小心"
"差錯腳" = "踩空"
"跌落" = "掉落"
"好彩" = "幸運"

"呢度有金又有銀，要咗你就唔駛日日上山劈柴啦！乖啦！收左佢，大家好辦事。"(粵)

"這裡有金又有銀，收了它們你就不用天天上山劈柴啦！聽話啦！收了它們，大家好辦事。"(國)

"呢度"	=	"這裡"
"要咗"	=	"收了它們"
"日日"	=	"天天"
"乖"	=	"聽話"

"咁你為乜日日掉野落池呢？"，"再玩信唔信我變你做青蛙？"(粵)

"那為什麼你天天掉東西到池裡呢？"，"再玩信不信我變你做青蛙？"(國)

"因為我想日日見到你呀！"(粵)

"因為我想天天見到你呀！"(國)

"肥仙子俾肥樵夫嘅毅力所打動。從此佢哋就成為幸福的一對。"(粵)

"肥仙子給肥樵大的毅力所打動。從此他們就成為幸福的一對。"(國)

Believe in Cats 網上商店

believeincats.com

正在發售或曾經發售的「貓詩人」及「奴詩來詩」的產品。

將罐頭　　肥懶辭　　奴三字經

「奴詩來詩」捲軸掛畫

來自「奴詩來詩」的詩畫
（在網店會有更多款式）

「貓詩人」合格御守

「貓詩人」的合格御守，考試、面試、求愛、考牌全通過。

猫の助

猫姫

「貓之助」、「貓姫」iPhone 電話殼

和風貓咪手機殼。

「貓詩人」吸水杯墊及吸水地墊

洼澡土吸水杯墊及地墊，美觀又實用。

「貓詩人」拭擦布

「貓詩人」拭擦布，美觀又實用。

「貓詩人」2021 年月曆

貓詩人的插畫月曆，全年十二個月也可以有貓詩人陪伴。

國家圖書館出版品預行編目資料

奴詩來詩之貓詩人／奴詩著. --初版.--臺中市：
白象文化事業有限公司，2021.10
面； 公分.——

ISBN 978-626-7018-64-4（平裝）
851.487
110013530

奴詩來詩之貓詩人

作　　者　奴詩
封面插畫　奴詩
發 行 人　張輝潭
出版發行　白象文化事業有限公司
412 台中市大里區科技路 1 號 8 樓之 2（台中軟體園區）
出版專線：（04）2496-5995　傳真：（04）2496-9901
401 台中市東區和平街 228 巷 44 號（經銷部）
購書專線：（04）2220-8589　傳真：(04) 2220-8505
專案主編　陳媁婷
出版編印　林榮威、陳逸儒、黃麗穎、水邊、陳媁婷、李婕
設計創意　張禮南、何佳諠
經銷推廣　李莉吟、莊博亞、劉育姍、李如玉
經紀企劃　張輝潭、徐錦淳、廖書湘、黃姿虹
營運管理　林金郎、曾千熏
印　　刷　基盛印刷工場
初版一刷　2021 年 10 月
定　　價　330 元